Vroum! Vroum! Vroum!

Kirsten Hall

Illustrations de Viviana Garofoli

Texte français de France Gladu

Éditions
SCHOLASTIC

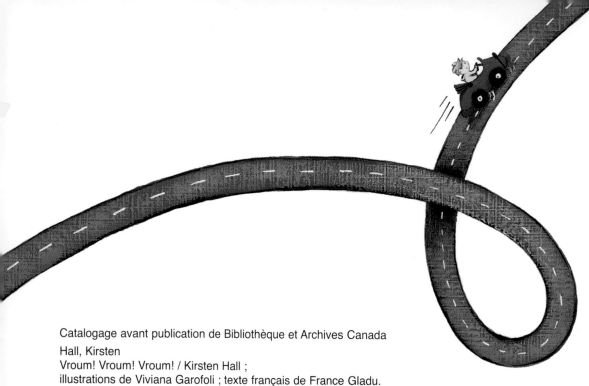

Catalogage avant publication de Bibliothèque et Archives Canada

Hall, Kirsten

Vroum! Vroum! Vroum! / Kirsten Hall ;
illustrations de Viviana Garofoli ; texte français de France Gladu.

(Je veux lire)
Traduction de: Zoom, zoom, zoom.
Niveau d'intérêt selon l'âge: Pour les 3-6 ans.

ISBN 978-0-545-98125-5

I. Gladu, France, 1957- II. Garófoli, Viviana III. Titre.
IV. Collection: Je veux lire

PZ23.H3385Vr 2009   j813'.54   C2009-900561-1

Édition publiée par les Éditions Scholastic, 604, rue King Ouest, Toronto (Ontario) M5V 1E1.

5 4 3 2 1   Imprimé au Canada   09 10 11 12 13

© Sources Mixtes
Groupe de produits issu de forêts
bien gérées, de sources contrôlées
et de bois ou fibres recyclés.
FSC   www.fsc.org Cert no. SGS-COC-003098
© 1996 Forest Stewardship Council

Note à l'intention des parents et des enseignants

Dès que l'enfant sait reconnaître les 30 mots utilisés
pour raconter cette histoire, il peut lire le livre en entier.
Ces 30 mots apparaissent tout au long de l'histoire pour que
les jeunes lecteurs puissent facilement les retrouver
et comprendre leur signification.

à	de	le	près
aime	droite	lentement	roule
auto	elle	loin	rouler
bonsoir	est	ma	soir
chambre	gauche	moi	tourne
chez	je	monte	vite
chouette	jusqu'à	nouvelle	vroum
dans			

Vroum! Vroum! Vroum!

Je monte dans ma nouvelle auto.

J'aime rouler près de chez moi,
dans ma nouvelle auto.

J'aime rouler loin de chez moi,
dans ma nouvelle auto.

Vroum! Vroum! Vroum!

Je roule lentement, dans ma nouvelle auto.

Je roule vite,
dans ma nouvelle auto.

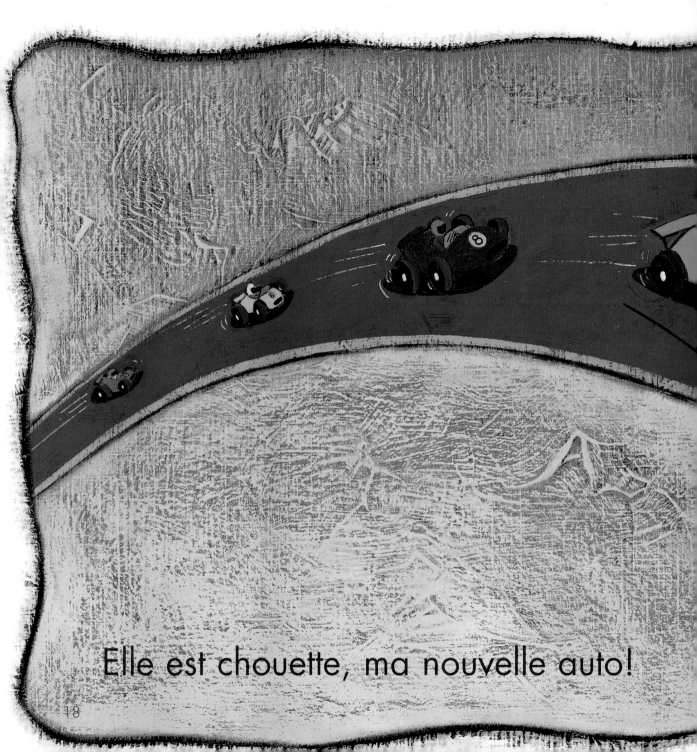

Elle est chouette, ma nouvelle auto!

Vroum! Vroum! Vroum!

21

Je roule dans ma nouvelle auto le soir.

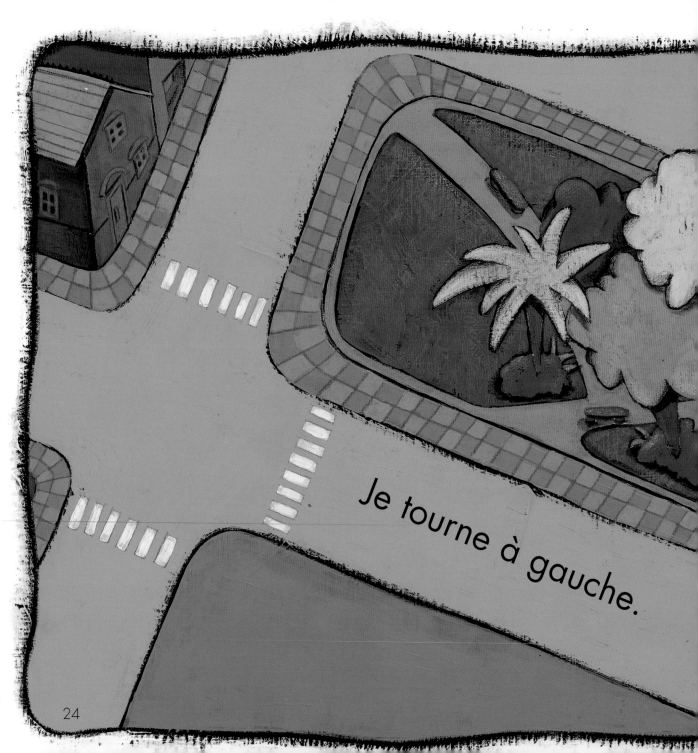

Je tourne à gauche.

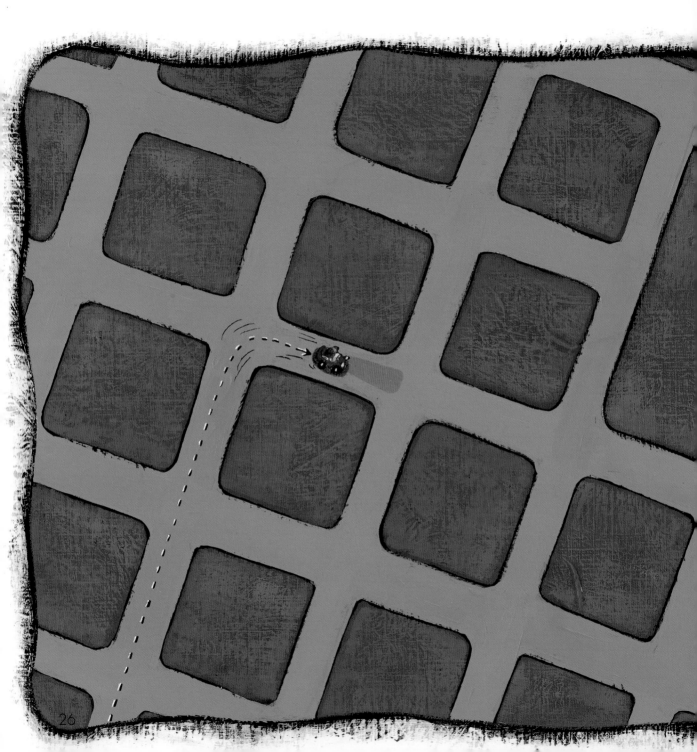

Je tourne à droite.

Vroum! Vroum! Vroum!

Je roule jusqu'à ma chambre. Bonsoir!

JE VEUX LIRE